101 DINGE

die beste Freundinnen erlebt haben müssen

ein Imprint der ANGRON GmbH
Würmstr. 55
82166 Gräfelfing

ISBN 978-3-96322-061-6

Bibliografische Information der Deutschen Nationalbibliothek:
Die Deutsche Nationalbibliothek verzeichnet diese Publikation in der Deutschen Nationalbibliografie; detaillierte bibliografische Daten sind im Internet über http://dnb.d-nb.de abrufbar.

Autorin: Alexandra Lennarz
Herstellung: Amazon Media EU S.à r.l., 5 Rue Plaetis, L-2338, Luxembourg
Bildnachweise: © Shutterstock / Elena Barenbaum

1.

Einen Wellness Tag veranstalten

Eine Gesichtsmaske, ein Körperpeeling oder eine Massage. Gönnt euch etwas Entspannung und tut etwas Gutes für Körper und Seele. Ob zuhause unter sich, in einem Spa oder einem Schönheitssalon - die Verwöhnpflege tut nicht nur gut, sondern macht zusammen mit der besten Freundin doppelt so viel Spaß.

Erledigt

2.

Ein neues Restaurant ausprobieren

Es muss nicht immer nur der Lieblingsitaliener sein. Schaut euch auch mal nach neuen Restaurants in eurer Stadt um und startet eine kulinarische Entdeckungstour. So bekommt ihr nicht nur viele exotische Geschmackserlebnisse, sondern werdet euch noch lange daran erinnern.

Erledigt

3.

Haare färben

Lust auf eine Veränderung? Dann probiert doch mal zusammen eine neue Haarfarbe aus. Besorgt euch die Farbe, die Handschuhe und alles, was dazu gehört und ran an die Haare. Und falls es euch doch zu viel Aufwand ist, ein gemeinsamer Friseurbesuch kann mindestens genauso spaßig sein.

Erledigt

4.

Einen Spielfilmmarathon mit Liebesschnulzen veranstalten

Dirty Dancing kann man einfach nicht oft genug sehen. Holt euch eure Lieblingsschnulzen, bereitet einen Korb Taschentücher vor und macht es euch auf der Couch so richtig bequem. Und wem lieber nach Gruseln ist, macht daraus einfach einen Horrorfilmmarathon.

Erledigt

5.

Einen Tanzkurs besuchen

Es muss ja nicht immer gleich ein Paartanz sein, vor allem, wenn der Partner nicht mittanzt. Wie wär's mal mit dem feurigen Flamenco oder dem orientalischen Bauchtanz? Schmeißt euch in passende Klamotten und schwingt das Tanzbein. Das macht nicht nur Spaß, sondern hält auch fit. Und vielleicht wird das ja zu eurem neuen Lieblingshobby.

Erledigt

6.

Sich schminken lassen und ein Fotoshooting veranstalten

Fühlt euch einmal wie Filmstars und lasst euch ein professionelles Make-up verpassen. Und um dieses Gefühl für immer in Erinnerung zu behalten, könnt ihr dann die Ergebnisse bei einem Profi-Fotoshooting festhalten. Ein tolles Geschenk an sich selbst und ein wunderbares Erlebnis.

Erledigt

7.

Zusammen in den Urlaub fahren

Ob ein Stadtbummel in Paris, eine Erkundungstour in New York oder faules Rumliegen am Strand von Mallorca - fahrt zusammen mit der besten Freundin in den Urlaub und entdeckt dabei fremde Länder und Kulturen, lernt neue Leute kennen und amüsiert euch.

Erledigt

8.

Ein sexy Dessous Fotoshooting machen

Lust auf etwas Außergewöhnliches? Wie wäre es mit einem Dessous-Fotoshooting? Holt eine Kamera, schmeißt euch in eure schönste Wäsche und knipst drauf los. Es muss ja nicht professionell sein. Hauptsache, es macht Spaß und ihr habt etwas für euch zur Erinnerung. Vor der besten Freundin muss man sich auch nicht schämen. Ihr ist es egal, wie man aussieht.

Erledigt

9.

Zusammen frühstücken

Frühstück ist bekanntermaßen die wichtigste Mahlzeit des Tages. Begrüßt den Morgen doch mal gemeinsam mit einem herzhaft gedeckten Frühstücksbuffet. Ob zuhause oder in eurem Stammcafé - es ist ein tolles Erlebnis, zusammen mit der besten Freundin in den Tag zu starten.

Erledigt

10.

Einen Junggesellinnenabschied organisieren

Der Klassiker. Wenn die Eine heiratet, organisiert die Andere einen unvergesslichen Junggesellinnenabschied. Nicht nur eine wunderbare Gelegenheit, um sich mit der besten Freundin zu amüsieren, bevor sie sich „auf ewig bindet“, sondern auch eine Möglichkeit, um sich kreativ auszudrücken.

Erledigt

11.

Einen Frauenfilm im Kino ansehen

Es gibt einfach Filme, für die man Männer für keinen Preis begeistern kann. Gut, dass es für solche Anlässe die beste Freundin gibt. Mit Popcorn und Schokolade gewappnet, kann man mit ihr bei einem typischen Frauenfilm im Kino die Lachmuskeln trainieren, die Tränen abwischen oder sich an Channing Tatums Muskeln erfreuen.

Erledigt

12.

Kirschen pflücken

Nicht mit jedem ist gut Kirschen essen. Aber mit der besten Freundin garantiert. Holt euch einen großen Korb und ran an den Kirschbaum. Dabei könnt ihr ausgiebig quatschen und gleichzeitig naschen. Wenn ihr besonders schöpferisch seid, könnt ihr hinterher Marmelade daraus machen. Das funktioniert aber genauso gut auch mit Erdbeeren und anderen Früchten.

Erledigt

13.

Sich ein Päckchen zuschicken

Nicht immer wohnt die beste Freundin nebenan. Manchmal liegen auch Meere dazwischen. Schickt euch doch gegenseitig kleine Päckchen. Diese können mit euren Lieblingsdingen, wie Schokolade, Souvenirs, einem Buch und vielen weiteren Kleinigkeiten ausgestattet sein. Ob zu Weihnachten oder einfach nur so - die Freundin freut sich ganz bestimmt.

Erledigt

14.

Über Promis reden

Männer reden über Autos. Frauen reden über alles Mögliche. Der Promitratsch gehört definitiv dazu. Wer geheiratet, Kinder gekriegt oder sich hat scheiden lassen - die Damenwelt verfolgt diese News, als würde es um die eigene Familie gehen. Mit der besten Freundin lässt es sich vor allem auch gut über männliche Lieblingspromis träumen.

Erledigt

15.

Einen Bilderrahmen mit einem Foto von euch aufstellen

Zeigt euch, wie viel ihr einander bedeutet und stellt ein gemeinsames Foto zuhause auf. Ob ein Bild von einem gemeinsamen Urlaub, einem professionellen Shooting oder einfach nur ein lustiges Selfie - so habt ihr eure beste Freundin immer bei sich.

Erledigt

16.

Eine Pyjama Party veranstalten

Wie in guten alten Kinderzeiten, als man bei der anderen übernachtet hat. Schokolade essen, Wein trinken, Modemagazine durchblättern, Gurkenmasken machen, vor dem Fernseher sitzen, stundenlang quatschen... Und das alles im Pyjama. Einfach herrlich!

Erledigt

17.

Einen Buch Club gründen

Es macht mehr Spaß ein Buch zu lesen, wenn man hinterher mit jemandem darüber reden kann. Warum also nicht mit der besten Freundin, mit der man sowieso alles teilt? Scharrt ein paar Mädels zusammen und gründet einen richtigen Buch-Club. Ob Jane Austen, Bridget Jones oder Miss Marple - alles ist erlaubt. Und hinterher habt ihr reichlich Gesprächsstoff.

Erledigt

18.

Eure Lieblingsserie zusammen schauen

Ob Gilmore Girls, Desperate Housewives oder Game of Thrones, jeder hat seine Lieblingsserie, für die man lieber zuhause bleibt, um sie mit Spannung vor dem Fernseher zu verfolgen. Warum sich also nicht gleich verabreden und die neuen Folgen bei einem Glas Wein oder einer Tasse Kaffee gemütlich zusammen anschauen?

Erledigt

19.

Einen Kuchen zusammen backen

Allein hat man oft nicht die Geduld dazu, doch zusammen mit der besten Freundin lässt sich jede Aufgabe im Nu bewältigen. Entstaubt eure Backrezepte und zaubert etwas Leckeres. Es können auch Plätzchen oder Cupcakes sein. Und hinterher könnt ihr schön zusammen Kaffee trinken und eure frischgebackenen Meisterwerke genießen.

Erledigt

20.

Einen Einkaufsbummel machen

Was für das starke Geschlecht eher ein lästiges Übel ist, ist für die Frauen eine der aufregendsten Freizeitaktivitäten. Vor allem mit der besten Freundin lässt es sich gut den ganzen Tag durch die Einkaufspassagen tummeln, Klamotten anprobieren und dabei einen tierischen Spaß haben.

Erledigt

21.

Tee trinken

Selbst wenn man eher ein Kaffee-Trinker ist, lohnt es sich auch mal einen Ausflug in verschiedene Tee-Kulturen zu unternehmen. Wie wäre es zum Beispiel mit einem englischen Nachmittagstee, einem orientalischen Chai oder einem russischen Tee aus dem Samowar? Die Möglichkeiten sind grenzenlos. Erkundet sie!

Erledigt

22.

Die ganze Nacht mit Käsekuchen und Reden verbringen

Für die Omas von den Golden Girls gab es nichts Schöneres als die ganze Nacht damit zu verbringen, Käsekuchen zu schlemmen und sich dabei Geschichten aus ihrer Jugend zu erzählen. Auch wenn man dieses Alter noch nicht erreicht hat, so haben Freundinnen trotzdem immer irgendwelche Geschichten, über die sie die ganze Nacht lang reden können.

Erledigt

23.

Einen Kochkurs besuchen

Selbst wenn man schon eine gute Köchin ist, es ist nie verkehrt auch mal etwas Neues zu lernen. Und zusammen mit der besten Freundin kann es nicht nur nützlich sein, sondern macht auch riesigen Spaß. Also zieht die Schürzen an und schwingt den Kochlöffel.

Erledigt

24.

Zusammen abnehmen

Es lässt sich leichter auf die Figur achten, wenn man eine Diät zusammen durchzieht. Stellt euch einen Ernährungsplan auf und werdet überflüssige Kilos gemeinsam los. Und wer schon eine perfekte Figur hat, kann sich trotzdem auf eine gesunde Ernährung konzentrieren. Unterstützt euch gegenseitig!

Erledigt

25.

Einen Karaoke Abend veranstalten

Singen macht Spaß und wirkt aufheiternd. Geht in eine Karaoke-Bar oder schmeißt die Maschine zuhause an und strengt eure Stimmbänder etwas an. Und selbst wenn man glaubt, man könne nicht singen - die beste Freundin stört das nicht und der Spaß soll dabei an erster Stelle stehen.

Erledigt

26.

Sich Namen für eure Kinder überlegen

Auch wenn eure Kinder noch nicht unterwegs sein sollten, irgendwann kommt jede Frau an den Punkt, wo sie darüber nachdenkt. Träumt ruhig ein bisschen vor euch hin und denkt euch Babynamen für eure zukünftigen Sprösslinge aus.

Erledigt

27.

Zusammen Sport treiben

Allein rafft man sich oft nicht dazu auf. Verabredet euch doch mit der besten Freundin, um gemeinsam Sport zu treiben. Ob Joggen, Fitnessstudio oder Yoga - zusammen macht es viel mehr Spaß und ist bestimmt auch effektiver. Und später könnt ihr euch zusammen über das Resultat freuen.

Erledigt

28.

Einen Ball besuchen

Fühlt euch einmal wie Prinzessinnen und geht auf einen Ball. Eine perfekte Gelegenheit, um den Abendkleidern im Kleiderschrank eine zweite Chance zu geben. Es muss auch nicht unbedingt gleich der Wiener Opernball sein. Irgendwo in der Umgebung wird bestimmt mal ein Herbstball oder sonst irgendein Festball veranstaltet.

Erledigt

29.

Ein persönliches Ritual ausdenken

Wenn man schon ewig miteinander befreundet ist, werden die Gewohnheiten des anderen ganz automatisch übernommen. Denkt euch doch mal spaßeshalber euer ganz persönliches Ritual aus, das eure Freundschaft auf eine besondere Weise unterstreicht. Dies kann ein ganz spezieller Gruß sein, eine Abschiedsgeste oder ein Insiderwitz, den nur ihr verstehen könnt.

Erledigt

30.

Zusammen tanzen

Nicht immer ist ein Partner zur Stelle, wenn die Tanzfläche von Paaren in Anspruch genommen wird. Doch das ist kein Grund allein in der Ecke zu sitzen. Besten Freundinnen braucht nichts peinlich zu sein. Ihr könnt den Walzer auch einfach zusammen tanzen.

Erledigt

31.

Lustige Selfies machen

Wofür man früher noch in Fotokabinen gegangen ist, kann man heute ganz leicht mit dem Smartphone erledigen. Macht alberne Posen, schneidet lustige Grimassen und schießt dabei witzige Selfies. Die Fotos könnt ihr dann ausdrucken lassen und an den Kühlschrank hängen.

Erledigt

32.

In Erinnerungen schwelgen

Vor allem, wenn man schon sehr lange befreundet ist, viel zusammen erlebt hat oder sich lange nicht gesehen hat, lässt es sich stundenlang in schönen Erinnerungen schwelgen und über alte Zeiten plaudern. Wenn man dabei noch die alten Fotoalben durchstöbert, läuft man "Gefahr" ganz sentimental zu werden. Lasst euch drauf ein!

Erledigt

33.

Zukunftspläne schmieden

Mit der besten Freundin lässt es sich am besten über verrückte Zukunftspläne sprechen. Ob man ein Café zusammen eröffnen will, eine Band gründen oder sich für den Bürgermeisterposten bewerben - hier wird ausgelassen über Träume und Pläne diskutiert ohne dass man gleich schief angeschaut wird.

Erledigt

34.

Ein Hochzeitskleid zusammen aussuchen

Einmal in die Haut einer Braut zu schlüpfen - davon träumen wohl alle Mädchen. Auch wenn man selbst (noch) nicht vor hat zu heiraten, kann man mit der besten Freundin schon mal für den Ernstfall üben und Hochzeitskleider anprobieren.

Erledigt

35.

Eine Motto Party organisieren

Ob asiatisch, spanisch, Gangster oder 20er Jahre - lasst eure kreative Ader raus und ladet eure Freunde zu einer schicken Motto-Party ein. Schmeißt euch in ausgefallene Klamotten, schmückt euch mit riesigen Accessoires und erlebt ein außergewöhnliches Fest.

Erledigt

36.

Ein altes Fotoalbum der Eltern durchstöbern

Die beste Freundin ist meist wie eine Schwester. Sie kennt nicht nur dich, sondern auch gleich deine ganze Familie. Schaut euch doch einmal die alten Familienfotos eurer Eltern zusammen an und erzählt euch Geschichten eurer Sippen.

Erledigt

37.

Cocktails trinken gehen

Brezelt euch richtig auf und genießt in einer Cocktail-Bar eine leckere Margarita, einen Cosmopolitan oder was auch immer eurem Geschmack entspricht. Vor allem, wenn es draußen stürmisch zugeht, wird damit ganz sicher ein sommerliches Karibik-Feeling aufkommen.

Erledigt

38.

Etwas gemeinsam kaufen, was man sich dann immer hin und her reicht

Es kann etwas sein, was zu teuer ist, um es allein zu kaufen. Und da beste Freundinnen meist sowieso alles miteinander teilen, kann man sich auch die Kosten für etwas teilen, was man dann gemeinsam nutzt. Aber auch bei preiswerteren Sachen, wie einem Gürtel oder einer Salatschüssel ist es einfach nur eine schöne Geste etwas gemeinsam zu besitzen.

Erledigt

39.

Die ganze Nacht durchtanzen

Macht euch mal richtig schick und schmeißt euch ins wilde Partygetümmel. Fühlt euch einmal wie eine Disco-Queen und tanzt ausgelassen die ganze Nacht in eurem Lieblingsclub durch.

Erledigt

40.

Einen Kneipenmarathon veranstalten

Ihr könnt euch nicht einigen, in welches Lokal ihr heute Abend gehen sollt? Warum sich auf nur einen festlegen, wenn man auch gleich alle abklappern kann? Legt euch vorab eure Route zurecht und raus in die Nacht.

Erledigt

41.

Eine Überraschung für die beste Freundin organisieren

Macht euch gegenseitig eine Freude und überrascht die beste Freundin mit einer kleinen Aufmerksamkeit. Es kann ein kleines Geschenk sein, ein überraschender Besuch oder eine nette Nachricht. Die Freundin wird sich über diese Geste sicher freuen.

Erledigt

42.

Ballett, Musical, Museum und Co.

Wofür Männer meist eher weniger zu haben sind, können beste Freundinnen die perfekte Begleitung sein. Ob Ballett, Musical, eine Theateraufführung, eine Vernissage oder ein Museumsbesuch - begebt euch auf eine kulturelle Reise und erlebt dabei unvergessliche Momente.

Erledigt

43.

Die Wohnung zusammen umgestalten

Ihr braucht buchstäblich einen Tapetenwechsel? Wie wäre es denn mit einem Wohnungs-Umstyling? Ob Wände streichen, tapezieren, Möbel umstellen oder einfach nur neu dekorieren - in Geschmacksfragen ist die beste Freundin meist sowieso der erste Ansprechpartner und hat in Sachen Stilberatung die besten Ideen. Schafft was Schönes zusammen.

Erledigt

44.

Einen klassischen Mädelsabend veranstalten

Ob mit der ganzen Clique oder in kleinem Kreis - das Wichtigste bei einem klassischen Frauenabend ist, dass Männer tabu sind und dass man einen Riesenspaß zusammen hat. Es ist euch überlassen, ob ihr dabei die ganze Nacht durchfeiert oder es euch lieber zuhause bei Drinks und Naschkram gemütlich macht.

Erledigt

45.

Ein Krimi Dinner veranstalten

Ein wenig Nervenkitzel gefällig? Begebt euch auf die Spurensuche mit Sherlock Holmes und organisiert einen spannenden Krimi-Dinner. Mörder, Ermittler und eine Handvoll Verdächtige inklusive. Ein leckeres Essen darf dabei selbstverständlich auch nicht fehlen. Spaßfaktor garantiert.

Erledigt

46.

Eure Gefühle in einer Karte festhalten

Beste Freundinnen verstehen sich manchmal auch ganz ohne Worte. Es ist trotzdem sehr schön und vor allem wichtig, sich auch mal mitzuteilen, wie viel ihr einander bedeutet. Schreibt eure Gefühle doch auf eine Karte und schenkt sie zu einem besonderen Anlass oder werft sie einfach so in den Briefkasten.

Erledigt

47.

Einen Roadtrip unternehmen

Lust mal wieder etwas rauszukommen? Unternehmt doch spontan einen gemeinsamen Roadtrip. Fahrt durch den Landkreis, durch das Bundesland oder auch durch ganz Deutschland, wenn euch danach ist. Unterwegs könnt ihr in netten Pensionen Halt machen und die Umgebung erkunden.

Erledigt

48.

Zu einer Kostümparty gehen

Sich zu verkleiden bringt etwas Abwechslung und macht einen Riesenspaß. Schlüpft doch auch einmal in die Haut von einer Disney-Prinzessin, einer Hexe oder einem Cowgirl und mischt euch auf einer bunten Kostümparty unter die Masken.

Erledigt

49.

Sich zu einem Doppeldate verabreden

Ihr wollt Zeit mit dem Partner verbringen, aber dabei mit der besten Freundin über Frauenthemen quatschen? Verabredet euch doch zu einem Doppeldate. Ob Kino oder ein Restaurantbesuch - bei dieser Zusammenstellung wird sicher jeder auf seine Kosten kommen.

Erledigt

50.

Zusammen etwas Neues lernen

Etwas Neues zu erlernen macht nicht nur Spaß, sondern hält auch in Schwung. Und mit der besten Freundin lässt es sich am besten etwas erforschen. Ob körperliche Aktivitäten, wie Inlineskating oder Billard oder doch lieber eine neue Sprache lernen. Die Vielfalt ist unerschöpflich. Traut euch!

Erledigt

51.

Eine Whatsapp Gruppe gründen

Wenn ihr nicht nur zu zweit befreundet seid, dann gründet doch eine Whatsapp Gruppe und fügt gleich alle besten Freundinnen hinzu. So braucht ihr eine Nachricht nur einmal zu verschicken und alle Mädels können sie gleich sehen und ausführlich kommentieren.

Erledigt

52.

Beim Zahnarzt die Hand halten

Die Freundin hat panische Angst vor dem Zahnarzt? Keine Sorge! Dafür sind beste Freundinnen doch da. Sie unterstützen sich bei allem und können manchmal selbst aus einem unangenehmen Zahnarztbesuch ein spaßiges Erlebnis machen.

Erledigt

53.

Kissenschlacht

Beste Freundinnen albern gerne zusammen herum. Versucht es doch mal spontan mit einer Kissenschlacht. Das macht Spaß und verpasst euch einen Schuss positiver Emotionen. Je nach Jahreszeit und Vorlieben könnt ihr eure "Waffen" variieren und beispielsweise zu Wasserpistolen oder auch Schneebällen greifen.

Erledigt

54.

In der Suppenküche für Obdachlose aushelfen

Ihr wollt zur Abwechslung auch mal etwas Gutes für andere tun? Wie wäre es dann einen Tag in einer Suppenküche für Obdachlose auszuhelfen und bedürftigen Menschen eine warme Mahlzeit zu bescheren? Nicht nur eine gemeinsam, sondern auch sinnvoll verbrachte Zeit.

Erledigt

55.

Ein Konzert zusammen besuchen

Ihr mögt beide Jazz, Schlager oder doch lieber Classic Rock? Dann geht doch zusammen auf ein Konzert. Lauscht eurer Lieblingsmusik und genießt gemeinsam einen schönen Abend. Mit etwas Glück bekommt ihr hinterher vielleicht sogar noch ein Autogramm.

Erledigt

56.

Einen Telefonstreich spielen

Für kleine Späßchen ist man nie zu alt. Denkt euch zusammen einen harmlosen Streich aus und veralbert eure Freunde am Telefon. Für einen Riesenlacher ist damit gesorgt.

Erledigt

57.

Einen Eimer Eis oder ein Kilo Schokolade ohne schlechtes Gewissen zusammen verdrücken

Immer nur auf die Figur zu achten ist anstrengend. Und wenn man sich mal was gönnt, kriegt man gleich Schuldgefühle. Macht doch gemeinsam einen Tag aus, an dem ihr ausnahmsweise so viel Eis oder Schokolade essen dürft, wie ihr wollt. Aber dafür ohne jegliche Reue.

Erledigt

58.

Einen Videofilm aus euren kleinen Abenteuern drehen

Es muss nicht gleich ein hollywoodreifer Blockbuster werden. Eine Handy-Kamera reicht dafür völlig aus. Filmt euch bei euren Ausflügen und Freizeitaktivitäten und macht mit Hilfe eines Schnittprogramms einen kleinen Videofilm, der später eine wertvolle Erinnerung sein wird.

Erledigt

59.

Sich gegenseitig Blumen schenken

Man muss nicht immer darauf warten von einem Mann Blumen geschenkt zu bekommen. Ihr wisst bestimmt am besten, welche Blumen der besten Freundin gefallen. Macht euch gegenseitig eine Freude und beschenkt euch mit bunten, duftenden Blumensträußen.

Erledigt

60.

Ein Picknick im Park veranstalten

Wenn im Frühjahr wieder alles aufblüht und die Sonne immer häufiger scheint, bekommt man richtig Lust draußen bei schönem Wetter zu sitzen. Genießt die ersten Sonnenstrahlen doch bei einem kleinen Picknick im Park. Packt viele kleine Köstlichkeiten in einen Korb und macht es euch auf einer Wiese gemütlich.

Erledigt

61.

Freundschaftsringe, Freundschaftsbänder oder Anhänger

Auch wenn es klischeehaft sein mag, aber beste Freundinnen tauschen immer gern Freundschaftsbänder, Ringe oder sonstige Wertstücke, welche die Verbundenheit symbolisieren. Wer es etwas schlichter bevorzugt, kann es auch einfach mit Schlüsselanhängern probieren. Das wird euch immer aneinander erinnern.

Erledigt

62.

Bei einem Flashmob mitmachen

Zugegeben, das mag auf den ersten Blick etwas gewöhnungsbedürftig sein. Aber andererseits wäre es eine ganz neue, aufregende Erfahrung und ihr würdet ein Teil von einer riesigen Gemeinschaft werden. Probiert es aus.

Erledigt

63.

Nackt im See baden

Die beste Freundin nackt zu sehen, ist sicher nichts Außergewöhnliches für euch. Also bloß keine falsche Scham. Lasst die Hüllen fallen und springt in den See. Das wirkt befreiend und macht bestimmt ungeheuren Spaß.

Erledigt

64.

Unsinnige Persönlichkeitstests in Frauenmagazinen machen

Auch wenn man sie nicht allzu ernst nehmen sollte, können solche Fragebögen manchmal sehr spannend sein. Und da vor der besten Freundin nichts zu peinlich sein kann, könnt ihr zum Vergnügen reihenweise die unsinnigsten Tests durchführen und sich hinterher über die Ergebnisse kaputtlachen.

Erledigt

65.

Sich gegenseitig ein Kleid, ein Schmuckstück oder Ähnliches ausleihen

Beste Freundinnen teilen bekanntlich alles miteinander. Manchmal sogar Kleidungsstücke. Und man kann sich auch nicht wirklich böse sein, wenn das gute Stück später mit einem Fleck zurückkommt.

Erledigt

66.

Zusammen Achterbahn fahren

Wollt ihr einen richtigen Nervenkitzel spüren? Dann solltet ihr es unbedingt einmal mit einer Achterbahnfahrt probieren. Dabei könnt ihr einander die Hand halten und euch die Seele aus dem Leib schreien. Ein berauschendes Erlebnis.

Erledigt

67.

Zusammen im Auto singen

Ihr seid zusammen im Auto unterwegs? Dreht doch mal das Radio laut und singt ausgiebig zu euren Lieblingssongs mit. Ihr braucht euch keine Sorgen zu machen, dass euch jemand dabei zuhört. Also entspannt euch und singt ausgelassen zusammen.

Erledigt

68.

Trauzeugin oder Taufpatin für die Andere sein

Das versteht sich eigentlich von selbst. Die beste Freundin zur Trauzeugin bei der eigenen Hochzeit oder auch zur Taufpatin bei den Kindern zu ernennen. Dies ist eine besondere Ehre und schweißt euch definitiv noch näher zusammen.

Erledigt

69.

Eure Kinder zusammen spielen lassen

Ein Traum aller besten Freundinnen ist, dass eure Kinder auch befreundet sind. Tut aktiv etwas dafür und bringt sie zum Krabbeln, Spielen, Toben und zu Familienfesten zusammen. Ein tolles Gefühl, wenn man auch als Familien befreundet sein kann und eure Kinder zusammen aufwachsen.

Erledigt

70.

Einen Baum, Blumen oder Gemüse zusammen anpflanzen

Auch wenn man nicht unbedingt einen grünen Daumen hat, kann man sich mal im Gärtnern ausprobieren und Gemüse, Kräuter, Blumen oder sogar einen Baum anpflanzen. Zusammen lässt es sich auch leichter um die Pflanzen kümmern und hinterher kann man sich gemeinsam über eine schöne Ernte freuen.

Erledigt

71.

Einer Weinverkostung beiwohnen

Lust auf eine besondere Freizeitgestaltung? Verabredet euch doch zu einer Weinverkostung. Informiert euch vorab, worauf man bei so einer Veranstaltung achten muss und wie die Weinbeurteilung funktioniert. Ein exquisites Geschmackserlebnis garantiert.

Erledigt

72.

Einen Makeover zusammen wagen

Traut euch mal was Neues auszuprobieren und verpasst euch gemeinsam einen neuen Look. Experimentiert zum Beispiel mit der Frisur, mit dem Makeup und verschiedenen Kleidungsstilen. Am Ende werden ihr euch bestimmt mit anderen Augen betrachten.

Erledigt

73.

Ins Nagelstudio gehen

Unternehmt zusammen einen Besuch ins Nagelstudio und lasst euch bei einer Maniküre oder Pediküre verwöhnen. Und während euch die Nägel gefeilt, lackiert und verschönert werden, könnt ihr euch entspannt zurücklehnen und über eure Lieblingsthemen plaudern.

Erledigt

74.

Eine Männertätigkeit ausprobieren

Warum immer nur typisch weiblichen Aktivitäten nachgehen? Frauen sind sehr vielseitig. Wie wäre es zur Abwechslung mal mit einer waschechten Männertätigkeit? Dabei könnt ihr euch beispielsweise beim Grillen ausprobieren, Räder am Auto wechseln, einen Schrank zusammenbauen oder Angeln gehen. Stellt euch der Herausforderung.

Erledigt

75.

Zusammen Marathon laufen

Auch wenn ihr keine Sportskanonen seid, kann es ganz lustig werden einmal an einem Marathon teilzunehmen. Das wird euch einen Kick geben und zu zweit lässt sich bestimmt auch alles meistern.

Erledigt

76.

Gemeinsam etwas erfinden

Übt euch mal in Kreativität und erfindet etwas gemeinsam. Das kann zum Beispiel ein bunter Cocktail, eine leckere Speise oder auch eine Geschichte sein, die ihr euren Kindern vorlesen könnt. Lasst euren schöpferischen Erfindungsgeist raus und erschafft ein Kunstwerk.

Erledigt

77.

Sich Kostüme für den Fasching oder für die Kinder selber nähen

Handmade ist sowieso längst im Trend. Warum sich also nicht selbst oder auch für die Kinder ein Einzelstück anfertigen, das man dann ganz stolz bei einem Faschingsfest präsentieren kann? Grabt eure Nähkörbe aus und versucht euch mal als Modedesigner.

Erledigt

78.

Einen Aprilscherz machen

April, April! Alle Jahre wieder werden am ersten April lustige Scherze getrieben und jeder veräppelt jeden. Lasst euch davon anstecken und spielt euch doch auch mal gegenseitig witzige Streiche. Aber Hauptsache nicht übertreiben.

Erledigt

79.

Zusammen lachen bis zum Abwinken

Lachen verlängert unser Leben. Und mit wem kann man sich am besten über die unsinnigsten Dinge kaputtlachen, wenn nicht mit der besten Freundin? Haltet euch bloß nicht zurück. Tankt positive Energie und verlängert damit euer Leben!

Erledigt

80.

Der anderen einen Herzenswunsch erfüllen

Sicher macht man der besten Freundin immer wieder mit Kleinigkeiten eine Freude. Doch bestimmt hat sie auch einen Herzenswunsch, der bisher unerfüllt blieb. Versucht alles dafür zu tun, es ihr zu erfüllen. Das macht euch beide nicht nur glücklich, sondern schweißt definitiv auch näher zusammen.

Erledigt

81.

Karten spielen

Die beste Gelegenheit, bei der man reden, naschen und gleichzeitig auch noch spielen kann. Versammelt euch doch mit den Freundinnen zu einer kleinen Pokerrunde und übt euer bestes Pokerface.

Erledigt

82.

Sie an ihrem Geburtstag um Mitternacht mit Sekt, Blumen und Pralinen überraschen

Deine beste Freundin hat Geburtstag? Mach doch eine besondere Geste und kreuze um Punkt Mitternacht mit Blumen, Sekt, Pralinen, bunten Luftballons und allem, was dir sonst noch einfällt vor ihrer Tür auf. Selbst wenn sie schon in den Federn liegt, wird sie sich sehr darüber freuen.

Erledigt

83.

Zu Weihnachten zusammen in die Kirche gehen

Weihnachtszeit ist die Zeit der Besinnlichkeit. Besucht doch auch mit der besten Freundin einen weihnachtlichen Gottesdienst. Anschließend könnt ihr es euch bei einem Festessen gemütlich machen und auf Bescherung warten.

Erledigt

84.

Eine Zugreise machen und den ganzen Weg quatschen

Zusammen mit der besten Freundin zu verreisen ist an sich schon ein schönes Erlebnis. Wie wäre es mit einer ruhigen Zugreise? Während der Fahrt könnt ihr die schöne Aussicht genießen und die gesamte Strecke entspannt verquatschen.

Erledigt

85.

Eine Serie oder eine Fernsehsendung zusammen über Telefon schauen

Germanys Nest Topmodel zu gucken ohne dabei die bissigen Kommentare der besten Freundin zu hören macht nur halb so viel Spaß. Leider kann man nicht immer bei der anderen vor Ort sein. Warum dann die Sendung nicht einfach gemeinsam live am Telefon verfolgen? Im stundenlangen Telefonieren seid ihr ja sowieso schon geübt.

Erledigt

86.

Zusammen Horoskope lesen, auch wenn man nicht an sie glaubt

Welche Sternzeichen passen zusammen? Was macht einen typischen Wassermann aus? Und was birgt die Zukunft? Auch wenn man nicht viel von Astrologie hält, kann es sehr lustig werden, zusammen Horoskope zu lesen.

Erledigt

87.

Einen Spieleabend mit Tabu, Scharade, Monopoly oder ähnlichem veranstalten

Mensch ärgere dich nicht, Scharade, Activity und es gibt sicher noch viel mehr Spiele, mit denen man den Abend sehr lustig gestalten kann. Ladet doch noch ein paar Freunde ein und spielt drauf los. Ein Spaß für Jung und Alt.

Erledigt

88.

Ausgelassen über Ex Freunde ablästern

Mit keiner anderen Person kann man ausgelassen über die Verflossenen herziehen als mit der besten Freundin, der man alles anvertrauen kann. Tobt euch ruhig aus und hechelt eure Ex-Freunde so richtig durch.

Erledigt

89.

Fotos von alten Bekannten anschauen

Wie lange ist euer Schulabschluss schon her? Was ist wohl aus euren ehemaligen Klassenkameraden oder alten Bekannten geworden? Schwelgt zusammen in Erinnerungen und blättert alte Schulfotos durch. Dank Facebook und Co. kann man heute alte Kontakte auch leicht wieder auffrischen.

Erledigt

90.

Bei einem Blind Date die Freundin vorausschicken

Du hast dich zu einem Blind Date verabredet und traust dich doch nicht hinzugehen? Lass doch die beste Freundin vor. Erstmal den Typen abchecken und nach ihrem kompetenten Urteil entscheiden, ob sich die Verabredung lohnt.

Erledigt

91.

Eine Modenschau veranstalten

Kleiderschrank ausmisten mal anders. Ladet die Freundinnen ein und checkt eure lange vergessenen Outfits bei einer kleinen Modenschau ab. Dabei könnt ihr nicht nur Ordnung in eure Sachen bringen, sondern euch auch köstlich amüsieren.

Erledigt

92.

Eingehackt spazieren gehen

Manchmal will man einfach mal nichts tun und sich nur mit der besten Freundin unterhalten. Ein Spaziergang ist da genau das Richtige. Dabei könnt ihr stundenlang eingehackt beieinander durch die Gassen schlendern und euch aussprechen.

Erledigt

93.

Ausgiebig über typische Frauenprobleme reden

Mit wem kann man am besten über typische Frauenprobleme sprechen als mit der besten Freundin? Sie wird sich auch nie genervt fühlen von solchen Themen wie Periode oder weibliche Problemzonen. Wie gut, dass man mit ihr darüber reden kann, wie mit sich selbst.

Erledigt

94.

Schuhe kaufen gehen

Schuhe kann man nie genug haben. Dem wird wohl jede Frau zustimmen. Und mit der besten Freundin ist es ein reines Vergnügen sich stundenlang Schuhe anzuschauen, anzuprobieren und einzukaufen. Also verabredet euch und rein ins Vergnügen.

Erledigt

95.

Lieblingssendung nachspielen

Spieleabend mal anders. Stellt doch mal eure Lieblingsfernsehsendung nach und testet euer Wissen bei einer geistreichen Quiz-Show, zeigt eure Talente bei einer Casting-Show oder setzt bei einem Nachspiel von „Wetten, dass..?“ eure Wetten ein.

Erledigt

96.

Alte Videos anschauen

Jeder hat zuhause alte Videos aus Kindertagen und von Familienfesten, Hochzeitsvideos und sonstige kleine Bewegtbild-Schätze rumliegen, die es wert sind angeschaut zu werden. Veranstaltet doch mal einen Videoabend der anderen Art und entdeckt lange vergessene Momente wieder.

Erledigt

97.

Sich täglich kleine Nachrichten schicken

Das tut ihr vermutlich sowieso schon. Sich kleine witzige, nette und manchmal rührende Nachrichten zu schicken kann den Tag viel schöner machen.

Erledigt

98.

Einander helfen schlechte Gewohnheiten abzulegen

Mit dem Rauchen aufzuhören ist nicht immer ganz leicht. Einfacher wird es, wenn man das zu zweit versucht. Tragt gemeinsam Nikotinpflaster, sorgt für Ablenkung und feiert eure gemeinsamen Erfolgstage.

Erledigt

99.

Henna Tattoos machen lassen

Lust auf etwas Exotisches? Wie wäre es mit Henna-Tattoos? Mit dieser indischen Kunst kann man sich wunderschöne Muster auf der Haut zeichnen lassen, die dann nach einer Weile wieder verschwinden. Wer allerdings mehr auf echte Tätowierungen steht, dem sei der Weg offen.

Erledigt

100.

Alten Krempel auf dem Flohmarkt verkaufen

Bestimmt habt ihr einen Schrank oder einen ganzen Keller voll mit altem Krempel, das ihr nie mehr benutzen werdet. Warum also wertvollen Platz verschwenden? Packt doch alles, was ihr nicht mehr braucht zusammen und verkauft es gemeinsam auf einem Floh- oder Trödelmarkt. Zu zweit wird es sicher Spaß machen und von dem Erlös könnt ihr euch dann einen Restaurantbesuch gönnen.

Erledigt

101.

Fahrradtour in die nächste Stadt unternehmen

Kennt ihr eigentlich die kleinen Städte in eurer Umgebung? Wenn nicht, dann wird es Zeit sie zu erkunden. Am besten schnappt ihr euch die Fahrräder und pendelt gemütlich in das Nachbarstädtchen. Schaut euch die lokalen Sehenswürdigkeiten an, besucht die Stadtcafés und macht euch eine schöne Zeit.

Erledigt

Hat dir das Buch gefallen?

Dann bewerte es bitte mit 5 Sternen auf www.amazon.de, weil du damit anderen die Entscheidung erleichterst.
Lediglich 4 Sterne sind keine gute Bewertung für Amazon, deshalb bitte 5 Sterne.

Rufe dazu dieses Buch auf Amazon auf und scrolle nach unten zu den Kundenrezensionen. Klicke dort auf den Button "Kundenrezension verfassen".

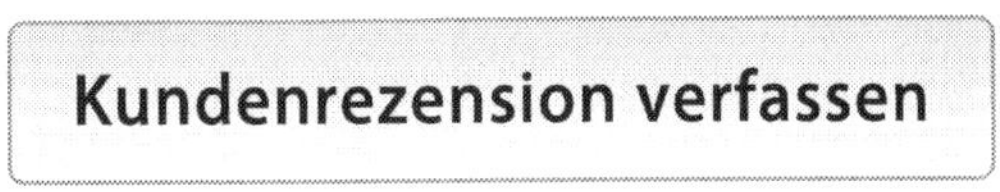

Oder einfacher ist es, wenn du lediglich die folgende Adresse eintippst. Du wirst direkt zur entsprechenden Seite für deine Kundenrezensionen bei Amazon weitergeleitet:

www.meinerezensionen.de/61

Klicke dann auf den 5. Stern und gib deine Meinung zum Buch ein: Was hat dir besonders gut gefallen? Wem würdest du das Buch empfehlen?

Wenn du zusätzlich noch ein Foto des Buchs hinzufügst, würdest du uns eine ganz besondere Freude machen. Klicke zum Schluss auf „Senden“.

Vielen Dank im Voraus für deine Mithilfe!

22605353R00063

Printed in Poland
by Amazon Fulfillment
Poland Sp. z o.o., Wrocław